AF620382

DÉPÔT LÉGAL
442.
1860.

LA GUERRE DE CRIMÉE.

(1854-1855.)

BIBLIOTHÈQUE IMPÉRIALE
IMPR.

RÉIMPRESSION.

MONTREUIL-SUR-MER,

TYPOGRAPHIE-LITHOGRAPHIE JULES DUVAL, RUE DES BARBIERS, 14.

1860.

Y+ Ye Charousset 40258

A MA CHÈRE SŒUR JEANIS. *

Ainsi qu'un rayon de lumière
Arrive au lever du soleil,
Pour te caresser la paupière
Tous les matins à ton réveil;
De même arrive ma pensée,
Et comme une douce rosée
Sur ton âme vient reposer,
Pour la ranimer et lui dire:
« A toi, sœur, mon premier sourire!
« A moi, sœur, ton premier baiser! »

J. C.

Ton cœur malade a fui la ville qui bourdonne,
Pour rechercher la paix que la nature donne
Au sein de ses grandeurs ; et pour rêver encor
Au passé de la vie, appelé l'âge d'or.

Vis et jouis, Jeanis ! la joie est vite absente,
Cette sœur du bonheur, ce doux rayon des cieux !
Il nous faut la saisir lorsqu'elle se présente,
Car elle est pour notre âme un baume précieux.

Aime les champs, les prés, les vallons, les fontaines,
Les échos du ravin, pleins de notes lointaines,
Et les astres du ciel, grandes lettres de feu
Qui semblent proclamer la présence de Dieu !

* Doux nom d'amitié de cousin à cousine.

Ne recherche pas trop l'amour des solitudes,
Promeneuse pensive à l'ombre des forêts !
Étouffe ta tristesse et tes inquiétudes,
Pour que la paix du cœur éloigne tes regrets.

Aime ces bois touffus et ces vertes campagnes,
Et ce beau lac d'azur entouré de montagnes,
Ce grand miroir divin, reflétant dans ses eaux
Les nuages du ciel et l'ombre des côteaux*.

Et là te parviendront, sous le sombre feuillage,
Le chant du rossignol, ce monarque des bois,
Les rires éclatants qui viennent du village,
Et des chiens du berger tous les lointains abois.

Là tu contempleras, au sein de la verdure,
Dieu qui nous apparaît dans toute la nature ;
Car ce concert de cris et de chants à la fois,
N'est-ce pas là de Dieu l'harmonieuse voix ?

Que le charme, Jeanis, de ces beautés divines,
De ces sources en pleurs qui sanglottent tout bas
Dans les sentiers fleuris, les bois et les ravines,
A l'amour de mon cœur ne te dérobe pas !

A nous aimer, ma sœur, crois-moi, tout nous convie,
Vivons d'un même espoir et d'une même vie !
A toi seule ma joie ! A moi seul tes douleurs !
Et que de tes beaux yeux ne coulent plus de pleurs.

* Le lac d'Issarlès (Ardèche).

Voyez ces nuages étranges !
Ce sont les nombreuses phalanges
Du Czar, qui veulent nous chasser :
Malheur au tyran sacrilège !
Que le Dieu juste nous protège,
Et nous allons les terrasser !

N'est-ce pas au champ de la gloire ?
N'est-ce pas aux cris de : Victoire !
Au milieu d'un brillant combat ;
Loin des yeux de sa vieille mère,
D'une sœur chérie ou d'un frère
Que doit mourir tout bon soldat ?

Hélas ! Adieu ma belle France !
Adieu donc ma douce espérance,
Reine du cœur, fille des cieux !
Que ma pensée au vol rapide,
Comme l'oiseau que l'instinct guide,
Vers ma sœur porte ces adieux.

Mais n'as-tu pas, ma sœur chérie,
Une lueur qui te sourie ?
Ne crois-tu plus à mon retour ?
Tes sentiments, sont-ils les mêmes ?
Eh bien ! redis-moi que tu m'aimes
Et je vivrai pour ton amour !

O ma cousine bien-aimée !
Jusqu'à mon retour de Crimée
Garde mes fleurs en souvenir :
Qu'elles soient fraîches ou fanées,
Garde-les de longues années ;
C'est l'espoir de mon avenir. (*)

(*) Allusion à un bouquet d'immortelles envoyé de Crimée.

I.

L'ALMA.

Ah ! combien de soldats, combien de capitaines
Qui sont venus joyeux sur ces rives lointaines
Reposent sous nos pas !
Et comment annoncer à l'épouse adorée,
A la fille, à la sœur, à la mère éplorée
Qu'ils ne reviendront pas?

J. C.

O grand géant du Nord ! du choc de tes armées
Tu croyais écraser comme de vils pygmées
Les faibles défenseurs du trône d'Orient !
Et déjà, sans pudeur et le cœur souriant,
Tes cohortes sans frein, comme une vague immonde,
Menaçaient d'étouffer la liberté du monde.
Insensé ! qui d'abord, dans sa rébellion,
Criait : — A moi les parts ! car je suis le lion ! —
Sans songer qu'à ce cri l'Europe tout entière
Pourrait bien se ruer sur sa vieille crinière.
Sans doute tu croyais qu'on avait oublié
Ce rêve ambitieux par Pierre publié !
Non certes ! car notre aigle a repris son tonnerre !
Et d'un même coup d'aile, en sortant de son aire,
A traversé les mers pour arrêter tes pas,
Rapide essor auquel tu ne t'attendais pas.

L'Empire, dont le glaive a fait trembler les pôles
En frappant droit au cœur des grandes métropoles,
Qui traînait à son char les monarques soumis,
Peut encore aujourd'hui braver ses ennemis ;
Car, au premier appel, chacun avec envie
S'empressera d'offrir et son bras et sa vie,
Et la France est féconde en enfants de guerriers,
Comme eux fort glorieux de cueillir des lauriers.

De deux Principautés la conquête usurpée
A l'Europe indignée a fait tirer l'épée,
Et ses grands souverains, unissant leurs drapeaux,
Sauront bien te contraindre à rester en repos.
Pour atteindre ce but, la France et l'Angleterre
Marcheront de concert et par mer et par terre,
Et leurs nobles enfants, en se donnant la main,
Soudain de ton empire ont trouvé le chemin.
Aux vallons de l'Alma, colonnes intrépides,
Dispersant tout à coup tes troupes peu solides,
Anglais, Français et Turcs, d'une commune ardeur,
Ont, au milieu des tiens, répandu la terreur.
La baïonnette en main, d'un mouvement agile
Nos zouaves poursuivaient tes colosses d'argile :
Pareils à des chamois, de rocher en rocher
La main sûre, le cœur vaillant, le pied léger,
Ils montaient, et, surpris d'un semblable courage,
Despote, tes soldats fuyaient, hurlant de rage,
Pâles, abandonnant armes, poudre, canons,
Se croyant poursuivis par d'enragés démons !
C'est alors qu'on a vu tes bataillons de braves
Se former en carrés devant ces quelques zouaves.

A droite, à gauche, en haut, enfin partout vainqueurs!
Partout la même joie anime tous les cœurs !

C'est qu'Anglais et Français, dans l'affreuse mêlée,
Voient que leur alliance est par le sang scellée;
Que leurs jeunes héros, fiers de leur puberté,
Combattent en criant : Patrie et Liberté !
Certains de leur valeur et forts de leur audace,
De l'armée en déroute ils ont suivi la trace ;
Mais malgré leurs efforts, leur élan belliqueux,
Tes colosses fuyards sont plus agiles qu'eux :
Tes prêtres cependant, ces vénérés prophètes,
Nous prédisaient hier défaites sur défaites !

2.

INKERMANN.

Comme tes généraux, tes popes imposteurs
Exaltent tes soldats par des discours menteurs !
Pour atteindre leur but qu'importe le système !
Ils promettent le ciel, font gronder l'anathème ;
De la Vierge et des Saints implorent le secours,
Aux peines de l'enfer ils ont même recours.

Sûrs de leur fanatisme et de leur ignorance,
Ils flattent leur orgueil d'une folle espérance :
« Aux armes disent-ils, seigneurs, bourgeois et serfs,
» En combattant pour Dieu vous vaincrez l'univers !
» A la voix de vos chefs ne soyez point rebelles,
» Et chassez loin de nous ces soldats infidèles ;
» Que leurs corps soient livrés en pâture aux corbeaux,
» Ou qu'au fond de la mer ils trouvent leurs tombeaux. »
Et par ces faux récits que l'espoir accrédite,
Ils font de notre guerre une guerre maudite.
Prêtres insinuants ! fourbes prédicateurs !
Que nous font vos discours pervers, provocateurs !
Allez toujours, allez ! que rien ne vous retienne !
Dites-leur que leur guerre est la seule chrétienne ;
Qu'il faut pour maîtriser l'effroi qu'ils ont de nous,
Qu'aux pieds de la madone ils tombent à genoux ;
Qu'ils raniment leur cœur par le chant d'un cantique,
Qu'ils portent sur leur sein une sainte relique ;
Nourrissez leur esprit de superstition,
Donnez-leur en partant la bénédiction ;
Enfin, pour dissiper leurs dernières alarmes,
Aspergez d'eau bénite et leurs corps et leurs armes :
Peut-être viendront-ils affronter le trépas
Et se faire écraser de nouveau sous nos pas.
Inkermann l'a prouvé ! Cette belle bataille
Où tout fut mis en jeu, boulets, obus, mitraille ;
Tout ! hommes et chevaux, promesses et discours !
A la vieille tactique on eut même recours ;
Car, pour voiler sa marche à notre vigilance,
Ton armée avançait dans le plus grand silence,
Nuitamment, pas à pas, par bataillons serrés,
Au-devant des succès qu'on croyait assurés :
En effet, le début, à tes armes propice,
Semblait se présenter sous un nouvel auspice.

Des Turcs et des Anglais, les postes avancés
Furent en peu de temps hardiment repoussés,
Et leurs camps envahis par ta cavalerie
Qui se ruait sur eux ; mais notre infanterie
Accourt de tous côtés sur le champ du combat :
C'est alors qu'il faut voir comment elle se bat !
Quel mépris de la mort ! quelle ardeur sans pareille,
Alors que le boulet résonne à son oreille,
Que l'odeur de la poudre enivre tous ses sens !
Rien n'échappe à ses coups ! elle frappe en tous sens
Et répand aussitôt la mort ou l'épouvante :
Chaque arme veut briller dans la lutte sanglante,
Donner un nouveau lustre à son noble étendard,
Et des périls communs revendiquer sa part.
Nos vaillants escadrons chargent à perdre haleine,
Dégagent les Anglais débordés dans la plaine,
Repoussent de concert tes derniers régiments
Jusqu'à moitié parcours de leurs retranchements.

C'est que tes vieux soldats n'ont pas cet œil qui brille,
Et ce sang qui bouillonne, et ce feu qui pétille,
Cet élan généreux en face du danger
Qui le fait affronter sans trop l'envisager.
C'est ainsi qu'on nous voit charger à l'arme blanche
Tes nombreux bataillons ; et, comme une avalanche,
Disperser, renverser, écraser en passant
Tout ce qui fait obstacle à notre choc puissant :
Rien ne peut résister ! Tout fuit ou s'amoncelle,
Cavaliers, fantassins, gisent là pêle-mêle :
Que de corps mutilés étendus au soleil,
N'avons-nous pas plongés dans leur dernier sommeil!..

3.

TRAKTIR.

Mais déjà tu n'es plus ! et l'aîné de ta race,
Affaissé sous le poids de ta lourde cuirasse,
Ne voit pas sans frayeur l'inévitable écueil
Vers lequel l'a poussé ton implacable orgueil.
Qu'il retienne l'essor de son aigle à deux têtes,
Qu'il renonce à jamais à tes folles conquêtes ;
Car l'astre de la gloire à nos soldats a lui,
Et les siens, éblouis, s'enfuiraient devant lui.

Si par de faux conseils sa jeunesse est trompée,
Malheur à lui, malheur ! car la quadruple épée
Des monarques puissants, qu'arme la liberté,
Viendrait briser son sceptre et dompter sa fierté !
Qu'il ne se flatte pas de l'avenir prospère
Que dans son fol orgueil avait rêvé son père,
Et s'il veut que son règne à son peuple soit cher,
Qu'il soit bien moins prodigue et de sang et de chair;
Qu'il adhère aux désirs, aux douces espérances
Que recherche l'Europe au sein des conférences ;
A ces désirs de paix et de prospérité,
Qui font un juste appel à sa sincérité ;

Et cette adhésion, inscrite dans l'histoire,
Sera pour ses débuts un beau titre de gloire.

Mais, tu n'as pas voulu, terminant ces débats,
Toi, son fils, mettre fin à nos affreux combats!
On comprend tes désirs! Tu voudrais qu'on te donne
Un modeste fleuron pour orner ta couronne,
Qu'on te laisse obtenir quelque brillant succès!
Non, non! Tu sais fort bien que nous sommes Français!
Que tes vieux généraux nous livrent la bataille,
Qu'ils lancent dans nos rangs le fer et la mitraille;
Qu'au champ de la victoire ils guident leurs guerriers,
S'il faut à ton orgueil, despote, des lauriers!

Mais un matin brumeux, après un jour de fêtes,
Un murmure pareil au bruit sourd des tempêtes
Semblait sourdre au lointain: c'étaient nos ennemis!
Nul doute qu'ils croyaient nos soldats endormis,
Harassés, sans défense et plongés dans l'ivresse
Que provoquent souvent le vin et l'allégresse,
Car la veille on avait fêté notre Empereur:
Ils furent bien surpris de leur étrange erreur,
Puisqu'au premier appel de l'armée alliée
L'infanterie accourt, à peine ralliée,
Pour refouler au loin l'ennemi menaçant.
De chaque mamelon un bataillon descend
Protégé par le feu de notre artillerie:
Français, Sardes, Anglais, luttent avec furie
Contre des ennemis quatre fois plus nombreux;
Quatre fois à la charge ils s'élancent sur eux
Malgré leurs rangs profonds; locomotive humaine,
Qui broyait en heurtant les masses de la plaine
Et traçait son sillon en flots rougis de sang:
Tout tremblait sous nos pas! l'orage allait croissant!

L'artillerie aussi, de plus en plus tonnante,
Semait partout la mort, la rage et l'épouvante;
Le ciel semblait en feu, la terre s'entr'ouvrir!...
Des nuages épais ne cessaient de couvrir
La bourrasque sanglante, horrible et meurtrière
Qui mugissait dans l'ombre aux bords de la rivière:
Quatre heures de combat, d'héroïques efforts,
Immortelle rivière, ont illustré tes bords;
Et quand le soleil vint éclairer le rivage,
Chacun fut consterné de voir un tel ravage:
Le sol était couvert de morts ou de mourants,
Et cinq cents prisonniers se trouvaient dans nos rangs.

Nos ennemis partis, chaque soldat s'élance
Au secours des blessés qu'on porte à l'ambulance;
Russe ou Français, pour lui, c'est toujours un ami,
Et l'ennemi souffrant n'est plus son ennemi.
Notre armée enleva dans la même journée,
En blessés étrangers laissés dans la mêlée,
Trente-huit officiers et seize cents soldats:
C'était là le plus beau de tous nos résultats,
Car tués ou blessés, dans la bataille offerte,
Les Russes ont compté huit mille hommes de perte. (*)

(*) Dont onze officiers-généraux: Read, Wrevsky, de Weimarn, tués; de Wrancken, Prouskouriakoff, Touloubief, de Gribbe, de Hagmann, Levoutsky, de Grotenfeld et Agareff, blessés.

4.

SÉBASTOPOL.

Les batailles d'Alma, d'Inkermann, de Traktir,
Ne peuvent à la paix te faire consentir !
N'est-ce donc pas assez ? Trois fois victorieuses
Nos troupes ont battu tes troupes furieuses !
Que te faut-il de plus ? Prendre Sébastopol ?
Le raser, le détruire, en niveler le sol ?...
Mais un nouveau succès, à droite comme à gauche,
De ta ville en débris chaque jour nous rapproche ;
Et l'ouvrage avancé qu'aujourd'hui nous prenons
Sera demain par nous armé de tes canons !
C'est ainsi qu'au deux mai, mémorable journée,
On arma ta redoute à nous abandonnée ;
Et quelques jours après deux postes séparés,
Que deux nuits de combats nous avaient assurés.

Le sept juin notre droite eut aussi sa victoire,
Où plusieurs généraux se couvrirent de gloire.

Le feu de nos canons, depuis la veille ouvert,
Battait le Carénage et le Mamelon-Vert,
Les deux ouvrages Blancs et celui des Carrières,
Et les postes armés placés sur leurs derrières;
Toute la ligne, enfin, d'ouvrages avancés
Protégeant Malakoff. Nos bataillons lancés
A trois heures du soir sur chaque batterie,
Malgré le feu roulant de leur artillerie,
Chassèrent l'ennemi de ces positions
En s'emparant de tout, armes, munitions:
Toute l'artillerie était restée en place,
Et dans la nuit son feu fut tourné vers la place.

Vos canons vomiront en vain de leurs créneaux
Les énormes boulets qu'enfantent vos fourneaux,
Sans pouvoir attiédir l'ardeur qui nous anime:
Loin de là, notre armée a l'assurance intime
De voir, sous peu de jours, crouler tous vos remparts,
Et dans votre cité flotter ses étendards.
Pour atteindre ce but, de plus près elle enlace
De ses longs bras de fer le pourtour de la place,
Qui semble se raidir sous leurs efforts puissants.
Déjà, depuis trois jours que nos feux incessants
L'inondent de boulets, ou d'obus, ou de bombes,
Ce n'est plus qu'un monceau d'horribles catacombes,
De cadavres épars, de bâtiments brûlés!
Pourtant elle résiste! et ses forts crénelés
Ripostent vivement à notre artillerie:
Mais nos jours sont comptés; demain l'infanterie
Descendra de ses camps, puisque enfin il nous faut,
Pour conquérir la ville, engager un assaut.
Le huit septembre au feu, nos généraux en tête,
Nous partons le matin sans tambour ni trompette:
Tout le monde est joyeux, on se presse la main
En se disant: Adieu! bon espoir, à demain!....

Depuis long-temps l'assaut est notre unique envie,
Nous lui sacrifions sans regret notre vie ;
Car toujours le Français, très sensible à l'honneur,
Dans un jour de combat voit un jour de bonheur.

Le général en chef, dans chaque place d'armes,
Avait dit de masser les troupes sous les armes,
Pour qu'au premier signal l'on pût, sans trop d'efforts,
Sortir avec ensemble et courir sur les forts.
Les troupes de réserve étaient moins rapprochées,
Mais prêtes à franchir les talus des tranchées
Et pouvoir soutenir les bataillons lancés,
Si contre son attente on les eût repoussés.
Le premier corps de siége, aux attaques de gauche,
Venait de terminer ses mouvements d'approche :
Partout on était prêt à l'assaut général,
Et chacun attendait qu'on donnât le signal.
Attente solennelle ! où le feu de l'armée
Formait un horizon de flamme et de fumée,
Et lançait dans la place une grêle de fer ;
Mais, à ce feu terrible, un autre feu d'enfer
Répandait dans nos rangs le plomb et la mitraille :
Quel pénible combat ! quelle rude bataille
Pour enlever d'assaut une place et ses forts !
Et nous l'enlèverons malgré tous leurs renforts ;
Car on entend déjà notre mousqueterie,
Mêler son feu multiple à leur artillerie.

MALAKOFF.

Vos milliers de canons, du haut de leurs remparts,
Ont beau faire pleuvoir la mort de toutes parts!
Au signal des clairons qui nous sonnent la charge,
A l'instant nos soldats affrontent leur décharge;
Et, guidés par leurs chefs, ils s'élancent soudain
Au-devant du danger qu'ils voient avec dédain,
Les uns portant des ponts, les autres des échelles,
Quelques-uns des outils pris dans nos parallèles,
Pour franchir les fossés et leurs épaulements,
Et travailler ensuite à des retranchements.
De partout l'on accourt pour sauter dans l'ouvrage;
Mais ici corps à corps une lutte s'engage,
Une scène émouvante, un combat surhumain,
Car ils s'arment de tout ce qu'ils ont sous la main.
Quels sublimes efforts, dans la lutte sanglante,
Pour repousser l'élan de la troupe assaillante!
Mais partout nos soldats, par leurs chefs entraînés,
Frappent, donnent la mort aux Russes consternés:
Leur héroïque élan redouble leur courage,
Et bientôt la redoute est un champ de carnage
Où l'on n'entend pousser que des cris de terreur,
Que couvrent d'autres cris de: Vive l'Empereur!.....
Le drapeau des Français flotte sur la redoute,
Nos troupes ont vaincu leurs ennemis; nul doute,
Que la ville ne soit bientôt en leur pouvoir.
Malakoff enlevé; comme on devait prévoir
Les retours offensifs que pouvaient entreprendre
Les troupes de soutien pour venir le reprendre;
Le général en chef, par un dernier signal,
Fit attaquer partout; l'assaut fut général.

BIBLIOTHÈQUE IMPÉRIALE

LE GRAND REDAN.

Les Anglais aussitôt, dans un ordre admirable,
Marchent au Grand Redan sous un feu formidable
Qui vient les décimer sans disperser leurs rangs;
Mais ils enjambent tout, blessés, morts et mourants,
En dirigeant leur marche au saillant de l'ouvrage:
C'est ici qu'il leur faut leur flegme et leur courage
Pour franchir du fossé l'énorme profondeur,
Et gravir du talus l'effroyable hauteur.
La deuxième colonne, envoyée à leur aide,
Contourne le ravin, gravit sa pente raide
Et pénètre au Redan presque aussi vite qu'eux:
Les Russes à l'instant, multipliant leurs feux
Et faisant avancer leur réserve au plus vite,
Culbutent les Anglais, mais sans les mettre en fuite.
Deux fois nos alliés ont lutté corps à corps
Dans ce Redan couvert de blessés ou de morts;
Et ce ne fut qu'après des pertes bien cruelles,
Qu'on les vit regagner leurs doubles parallèles.

LES BASTIONS DU CARÉNAGE.

Portons-nous maintenant au plus sanglant combat,
Aux bords du Carénage où toujours l'on se bat,
Car ici la défense est des plus sérieuses
Et résiste à l'ardeur des troupes furieuses:
Et pourtant, le front haut et le glaive à la main,
Les chefs à leurs soldats indiquent le chemin,
Et comme leurs aïeux, ces grognards de l'Empire,
Pour enlever l'armée ils n'ont qu'un mot à dire.

Repoussés par les feux croisés des lourds canons,
Les assauts successifs, et qu'en vain nous donnons,
Nous ont fait éprouver des pertes très sensibles :
Mais à l'aspect des morts, des cris irrésistibles
Ramènent nos soldats, et d'un sublime élan
Ils entrent de nouveau dans le Petit Redan.
D'autres troupes, longeant le fond de la ravine,
Sautent au bastion de la Grande Courtine
Reliant le Redan à la tour Malakoff ;
Alors le général ennemi, Gortschakoff,
Fait partir des renforts pour prendre l'offensive,
Et la lutte devient suprême, décisive !...
On se frappe, on se heurte impétueusement,
On se prend corps à corps avec acharnement ;
Les chances du succès sont longtemps incertaines :
Mais la mitraille vient nous tuer par centaines,
Et le feu bien nourri des Russes en renforts,
Contraint nos généraux à l'abandon des forts.
Pendant ce long combat, deux fortes batteries
Arrivent au galop ; vrais groupes de furies
Semblant sortir du sein d'un immense volcan :
Quel mépris du danger ! quel héroïque élan,
Que d'aller affronter cette horrible tourmente
Et courir au-devant d'une perte imminente !
Tout, affûts et caissons, artilleurs et chevaux,
Fut à l'instant brisé, broyé, mis en lambeaux !
Et nos soldats cédaient, nécessaire retraite,
Ployés, épis humains, sous l'horrible tempête ;
Des rafales de fer balayaient le terrain,
Et la terre tremblait à la voix de l'airain :
Huit généraux frappés attestent le carnage
Des périlleux assauts des forts du Carénage*.

(*) Trois tués : MM. Marolles, Pontevès et Saint-Paul.
Cinq blessés : MM. Bosquet, de Lamotterouge, Bourbaki, Meliuet et Bisson.

LES BASTIONS DE GAUCHE.

Le premier corps de siége, en ce jour glorieux,
Ne rêvait que combats, assauts victorieux :
Ses troupes attendaient avec inquiétude
Qu'un signal les tirât de leur incertitude,
Attendu qu'on disait, que notre général,
Ne ferait attaquer le bastion Central
Qu'autant que Malakoff, cette grande redoute,
Viendrait à succomber : c'est qu'il nous faut sans doute,
Pour nous bien assurer cette possession,
Qu'on opère à la gauche une diversion.
N'importe l'ordre arrive au général de Salles :
Aussitôt il prescrit de quitter nos dédales
De boyaux, de fossés et de nous répartir
Sur le bord des talus d'où nous devons sortir.

Au signal de l'attaque, aussitôt élancée,
Notre division accourt tête baissée
Au bruit retentissant des tambours et clairons ;
Mais par un sort fatal, et que nous déplorons,
Nos échelles, nos ponts, étaient à peine en place,
Et déjà nos soldats pénétraient dans la place,
Quand, tout à coup, survint un bouleversement :
Des mines éclataient partout en ce moment,
Et les explosions de ce sol volcanique
Portèrent dans nos rangs une grande panique;
Puis voyant arriver les Russes en hurlant :
Hourrah ! hourrah ! hourrah ! tout en gesticulant :
Nos soldats incertains, et que le nombre accable ;
Cèdent au rude effort d'un choc trop formidable ;
Mais ce débordement fut bientôt comprimé
Par tous nos officiers, et le cœur ranimé
A l'exemple des chefs qui leur tracent la route,
Avec eux on les voit sauter dans la redoute,
Suivis d'autres soldats qui redoublent le pas,
Pour partager leur gloire au mépris du trépas.

Les bastions du Mât et de la Quarantaine
Ne seront attaqués qu'à la prise certaine
Du bastion Central: c'est ainsi que ces forts,
Libres dans le combat, font de puissants efforts
Pour nous contraindre à fuir l'enceinte de la ville.
L'on résiste toujours, malgré le feu de file
Des troupes de soutien qui viennent d'arriver :
Mais leur nombre s'accroît, on les entend crier,
Et le doute renaît, et la troupe inquiète
A reculé, contrainte encore à la retraite :
Bientôt on ne voit plus que quelques officiers,
Et quelques bons soldats qui rentrent les derniers.
De tous ces bastions, formidables ouvrages,
La forte artillerie exerçait des ravages
Terribles parmi nous : elle écrasait nos rangs !
Elle couvrait le sol de morts ou de mourants!
Ici, trois fois encore on revient à la charge,
Malgré le feu roulant, l'incessante décharge
De leurs créneaux ouverts sur notre terre-plein :
Des nappes de mitraille, inondant ce terrain,
Nous faisaient éprouver des pertes excessives,
Quand nous le parcourions par masses successives :
Mais la retraite sonne, il nous faut ajourner
Cet assaut périlleux qu'on n'a pu terminer.

Notre armée à la droite est beaucoup plus heureuse,
Elle tient Malakoff! elle est victorieuse !....
Des retours offensifs à chaque instant tentés,
Ne peuvent l'en chasser. Surpris, épouvantés
De tant de résistance et de tant de courage,
Les Russes quittent tout : Grand-Redan, Carénage;
La place presque entière est en notre pouvoir!
Et puis, quand vint la nuit, déjà l'on pouvait voir
De nombreux bataillons abandonner la ville
Et gagner l'autre bord sur un grand pont mobile;

Partout on entendait des bruits inusités,
Et partout on voyait de sinistres clartés :
C'était un autre enfer avec ses saturnales,
Ses rumeurs et ses cris, ses lueurs infernales ;
Un monde de démons, des torches à la main,
Attisant l'incendie implacable, inhumain,
Qui rongeait de ses dents les premiers édifices.
A son extension les vents du nord propices,
Il marchait à grands pas en sifflant de fureur,
Et laissant après lui l'effroi, la mort, l'horreur!...

L'ÉVACUATION.

Est-ce assez maintenant ? dis, ô grand Alexandre !
Sébastopol succombe et que veux-tu prétendre ?
Ton père a dit : *Le fer au poing, la croix au cœur,*
En combattant pour Dieu l'on est toujours vainqueur!
Et pourtant tes canons, du haut de leurs murailles,
Ne font plus que hurler un glas de funérailles,
Un lugubre tocsin annonçant aux Français
Ta nouvelle défaite et leurs brillants succès.
Toi vicaire d'un Dieu plein de mansuétude,
Tu devais épargner cette épreuve si rude
A ta belle cité, ce grand port criméen,
Dont le puissant commerce, un jour européen,
Aurait fait le bonheur de ta vieille Tauride.
Fais cesser au plus tôt cette guerre homicide
Si tu veux éviter, étant toujours vaincu,
D'user ton dernier homme et ton dernier écu ;
Car, que ce soit au siége ou bien à la bataille
Sous les plis du drapeau criblé par la mitraille,

Partout, depuis l'Alma, l'on a vu nos guerriers
Combattre le front haut à l'ombre des lauriers ;
Et dans leurs beaux succès, que l'Europe contemple,
L'on a pu remarquer des faits d'un noble exemple,
De ces traits d'héroïsme ou bien d'humanité,
Qui vont de bouche en bouche à la postérité.

De même qu'à Moscou, l'épouvante dans l'âme,
Tes généraux fuyaient protégés par la flamme
Qui transformait la ville en immenses volcans,
Dont l'horrible lueur arrivait dans nos camps.
Tout croulait sous sa lave ! et l'épaisse fumée
De chaque explosion annonçait à l'armée
Sa récente conquête et tes sombres revers,
Qu'avec impatience attendait l'univers.
De la vengeance l'heure est enfin arrivée !
Sinope encor sanglante est dans le sang lavée ;
Car le fer et la flamme ont tout mis en lambeaux,
Et plongé ta cité dans de profonds tombeaux.
Sébastopol n'est plus !... Tes prières publiques,
Tes popes imposteurs et leurs saintes reliques
N'ont pu le préserver de son fatal destin !
Seuls, le fort Catherine et le fort Constantin
Semblent, sur l'autre rive, élever haut la tête
Et vouloir protester contre notre conquête :
Leurs efforts seront vains, et leurs puissants canons
Ne pourront nous chasser des murs que nous tenons.

Mais encore une fois, plus de conquête inique !
Inaugure ton règne en chef démocratique ;
Réforme les abus et les exactions,
Aux grands hommes il faut de grandes actions !
Ouvre à ton vaste Empire un commerce prospère,
Et laisse dans l'oubli le rêve de ton père ;

Renonce à ses projets, repousse son erreur,
Mieux vaut que Capitaine être grand Empereur !
Car, quel que soit le but où ton orgueil aspire,
Jamais tu ne pourras agrandir ton Empire.
Ose encore essayer ! marche ! fais un seul pas !
Oh ! l'Europe sait bien que tu n'oseras pas !
De nos jeunes héros tu connais le courage,
Et de nouveaux succès exalteraient ta rage :
Étouffe cet orgueil, monarque souverain,
Et laisse en liberté l'Empire riverain.
Laisse jusqu'à ton cœur arriver la clémence ;
De tes faux courtisans apaise la démence ;
Fais progresser ton peuple en protégeant les arts,
Il te proclamera grand entre tous les czars.
Qu'un jour la liberté succède au despotisme,
Et ce jour verra luire un saint patriotisme,
Un dévoûment sans borne à ton règne naissant :
Abolis le servage ! et que ton bras puissant
De tes prisons du nord fasse tomber les grilles
Et rende les captifs à leurs chères familles,
Pour qu'on vénère en toi l'illustre potentat,
Le père de l'Église et le chef de l'État !

Octobre 1855.

Quel terrible fléau que celui de la guerre !
Que de pertes, hélas ! parmi ceux qui, naguère,
Voguaient impatients
D'aborder l'ennemi sur le champ de la gloire ;
Où Dieu nous réservait victoire sur victoire
Dans des combats sanglants ! (*)

Ah ! combien de soldats, combien de capitaines
Qui sont venus joyeux sur ces rives lointaines
Reposent sous nos pas !
Et comment annoncer à l'épouse adorée,
A la fille chérie, à la mère éplorée
Qu'ils ne reviendront pas !

Mais on laisse ignorer à l'épouse, à la fille,
Le malheur qui les frappe en privant la famille
D'un père ou d'un époux,
Et la mère d'un fils, ou bien la sœur d'un frère,
Dont le travail devait adoucir la misère :
O sort ! voilà tes coups !

(*) Pardon pour cette rime insuffisante.

Dès lors, à tout soldat de retour de Crimée,
On les voit s'informer du sort de notre armée
Et de leurs chers parents ;
Jusqu'à ce qu'un blessé leur ait dit, d'un air grave :
Que chacun d'eux est mort en combattant en brave
Au milieu de nos rangs.

Et vous ! ô leurs parents, leurs épouses, leurs mères !
Contenez vos chagrins et vos larmes amères !
Jamais vous ne saurez
Ce qu'on souffre de maux avant que l'on succombe
Par la fièvre ou le fer !.... d'ailleurs, paix à la tombe
Des héros ignorés !

Puis on parlera d'eux parfois dans la veillée ;
Et d'abord la douleur un instant réveillée,
Se fera ressentir :
A ceux qui les aimaient mouillera la paupière ;
Ils offriront au ciel une courte prière
Pour l'âme du martyr.

ENCORE A MA COUSINE!

—

SOUHAITS DE NOUVEL AN.

Hirondelle
Va près d'elle
D'un coup d'aile
Si tu peux;
Vers le gîte
Qu'elle habite
Porte vite
Tous mes vœux.
J. C.

Que Dieu, dans sa bonté,
Nous donne la santé
Que tout le monde envie;
Car sans elle ici bas,
Nous traînons pas à pas
Le fardeau de la vie.

Que Dieu nous donne encor,
Pour unique trésor,
La joie et l'espérance;
La joie en notre amour,
Et l'espoir du retour
Vers cette belle France.

Osons lui demander
Qu'il nous daigne accorder
La paix ou la victoire;
La fin de nos combats,
Ou que nos vieux soldats
Soient des géants de gloire.

Mais la gloire et l'honneur
Ne font point le bonheur
De mon âme modeste;
Le rêve de mes jours
Est de t'aimer toujours :
Que m'importe le reste!

Mon seul espoir, Jeanis,
C'est que nos cœurs, unis
Par une amitié tendre,
Vivront d'un même accord,
Jusqu'à ce que la mort
Arrive les surprendre...

Hélas! comme une blanche voile
Qui vient de s'éloigner du port,
Je vois au loin luire l'étoile
Qui préside à mon triste sort :
Néanmoins en elle j'espère,
Pour que son pouvoir tutélaire
Puisse te ramener ton frère
De la Crimée ; et pour toujours
Il reviendra, sois-en bien sûre,
Même sans la moindre blessure,
(Car mon étoile me l'assure),
Et pour redorer tes vieux jours.

Mais je crois qu'il ne me sied guère
De m'efforcer à rimailler ;
D'ailleurs les loisirs de la guerre
Sont par trop courts pour travailler :
Je reconnais, ma toute belle,
Que c'est un travail trop rebelle
De se torturer la cervelle
Pour aligner quelques vains mots ;
Et Pégase ensuite se lasse,
La rime aussitôt m'embarrasse,
Et je redescends du Parnasse
Pour me délivrer de ces maux.

La prose est beaucoup plus docile
Aux expansions de mon cœur,
Et le style bien plus facile
N'ayant pas la même raideur ;
Car l'expression naturelle
Rarement se montre infidèle,
On ne court jamais après elle
Elle arrive sans nul effort :
Tandis que pour la poésie
Il la lui faut toujours choisie,
Et puis polie et repolie
Et d'un harmonieux accord.

Sébastopol, Décembre 1855.

J. CHAROUSSET.

LE RETOUR.

CANTATE. (*)

L'Aube naît et blanchit les mâts,
Déjà le pilote nous crie:
Terre !..... Voyez là-bas, là-bas !
O mes amis, c'est la Patrie !

Dix mois la constante victoire
A guidé nos fiers bataillons,
Dix mois entiers en pleins sillons
Nous avons moissonné la gloire;
Bouillants apôtres du devoir,
Soldats du droit, humain espoir
Des pâles enfants du Prophète;
Sans hésiter et sans faiblir,
A la cause de l'avenir
Nous avons payé notre dette.

Mais à nos homicides luttes
La calme paix a succédé;
La concorde, grain fécondé,
Jaillit des humaines disputes:

(*) Due à l'obligeance de mon ami PITTIÉ.

Clémente toujours aux vaincus,
La France a du Gaulois Brumus
Changé la devise inféconde :
Sauveur toujours, jamais bourreau,
Elle remet dans le fourreau
Son glaive qui commande au monde.

Dans nos légions incomplètes
De ceux qui chantaient au départ,
Combien ne prendront pas leur part
De nos patriotiques fêtes !
Sébastopol garde leurs corps ;
Mais c'est en héros qu'ils sont morts
Et leur sort est digne d'envie :
Ils sont tombés aux premiers rangs,
Martyres grands entre les grands,
Un tel trépas vaut bien la vie.

Bondis sur les vagues amères,
Vaisseau qui portes notre sort ;
Rends-nous, en un dernier effort,
Aux embrassements de nos mères !
Athlètes rompus aux combats,
Pourtant ne nous endormons pas
Au sein des délices peu sûres ;
Au pays réservons nos jours,
Mes amis, et soyons toujours
Préparés aux luttes futures.

Terre ! Voyez là-bas, là-bas !
Au sein de la foule attendrie,
Nos mères agitent leurs bras !
Salut ! Salut à la Patrie !

BIBLIOTHÈQUE IMPÉRIALE IMPR.

www.ingramcontent.com/pod-product-compliance
Ingram Content Group UK Ltd.
Pitfield, Milton Keynes, MK11 3LW, UK
UKHW032026260826
14628UKWH00006B/2757

9 782019 655709